S0-CQT-546

MAL

Collection Prose

Dépôt légal : 3e trimestre 2024
Bibliothèque et Archives Canada
Bibliothèque et Archives nationales du Québec

Conception graphique de la couverture : Kinos.
Mise en pages et adaptation numérique : Studio C1C4
Révision linguistique : Catherine Pion

Catalogage avant publication de Bibliothèque et Archives Canada
Titre : Mal / Chase Cormier.
Noms : Cormier, Chase, auteur.
Collections : Collection Prose.
Description : Mention de collection : Prose
Identifiants : Canadiana (livre imprimé) 20240328353 | Canadiana (livre numérique) 20240328493 | ISBN 9782896914753 (couverture souple) | ISBN 9782896914760 (EPUB)
Classification : LCC PS3603.O67 M35 2024 | CDD 843/.92—dc23

Distribution au Canada
Dimedia
539, boulevard Lebeau
Saint-Laurent (Québec) H4N 1S2
Tél. : 514 336-3941

Les Éditions Perce-Neige
315-236, rue St-George
Moncton (N.-B.)
Canada E1C 1W1
editionsperceneige.ca
info@editionsperceneige.ca
Tél. : 506-248-8038

Canada

La production des Éditions Perce-Neige est rendue possible grâce à la contribution financière du Conseil des Arts du Canada, de la Direction des arts et des entreprises culturelles du Nouveau-Brunswick et du Fonds du livre du Canada.

CHASE
CORMIER

MAL

I kin sho' rec'lect[*].

VALMAR CORMIER, *Slave Narratives*

[...] je vais vous raconter mon côté de toutes ces affaires-là
et comment ça se fait que j'ai ces deux têtes.

DEBORAH J. CLIFTON, *À cette heure, la louve*

---

* Cette citation est tirée de *Slave Narratives: A Folk History of Slavery in the United States From Interviews with Former Slaves* (Work Projects Administration, 1941). Valmar Cormier est l'un des ancêtres de l'auteur. Il a été interviewé sur son expérience de l'esclavagisme en 1937.

Bouche

C'est le matin. Tout commence là, dans la cuisine de ma grand-mère. Pour y arriver depuis Lafayette, il faut prendre la 49 vers le nord jusqu'à la prairie des Opelousas, puis la 190 vers l'ouest. Des vaches, un cimetière, des maisons mortes, des bars brulés, des vieilles bâtisses abandonnées depuis longtemps. L'auto traverse les Opelousas et suit la terre plate toujours vers l'ouest et plonge dans une prairie aussi ronde que le ciel. Sur les deux bords du chemin et partout la rosée se rend aux nuages encore ce matin comme tous les matins. Au feu jaune, il faut tourner à droite sur la 104. Un peu plus loin, la rue Jasmin à gauche. Tout à la fin de la rue, il y a une petite maison blanche. Un vieux-t-homme assis dans une berceuse sur la galerie se balance avec son pied droit. Pieds nus, jeans, chemise déboutonnée. Une croix dorée nique dans ses poils de poitrine. Le vieux-t-homme, c'est mon grand-père. On l'appelle Mal.

En dedans, les grands nasillent. L'enfant qui se cache sous la table, c'est moi. Sel, piment doux, ognons, farine, huile, porc frais, pacanes, pain maïs, café noir. Ces ingrédients sonnaillent dans la salle à manger et nous tiennent lieu de charrage. Les pattes de la glacière qui ressemble à une camionnette tiennent bon malgré la rouille. Les moutons de poussière s'y cramponnent tout comme aux pieds des chaises. Les orteils de mes tantes et de mes parents, aux ongles peinturés et aux ongles nus, chatouillent les carreaux. Le sol est froid sous mes genoux.

Je touche par accident une paire de chevilles croisées. La voix grave de mon père résonne et fait vibrer la table lorsqu'il interrompt sa propre histoire pour m'interpeler.

— Perroquet, what you doin' boy?

Quand le fils de Mal parle, on entend la même voix que celle de son père. Je me tais et me cache sous l'ombre de la table à manger, table à témoignages, table aux pleurs, aux blagues, aux « c'est bon », aux enfants hurlants, aux sauces piquantes, aux insultes lancées et gardées et aux mouches tapées, cette table qui vieillit et qui veille.

Le craquement de la porte étouffe le bruit blanc des ognons. Mal entre. Il prend la parole.

— Monde monde monde ça sent bon ici, Mom!

Le monde approuve. C'est une vérité.

— Okay c'est paré, dit ma grand-mère.

Quelques-unes des jambes se tassent pour me laisser sortir. Je quitte la cuisine par le grand seuil sous le crucifix qui veille sur la pièce pour me rendre au salon.

Mal a construit cette maison. C'est ma grand-mère qui l'a décorée. Et nous, on la remplit d'odeurs et de bruits. Un grand arrive et dépose un bol sur la moquette devant moi. Porc dans une sauce rouillée mélangé avec du riz. Pas trop de sauce. Les poivrons, les ognons et l'ail coupés en dés très petits comme je les aime. Une petite flaque de maïs maque choux glisse lentement dans la sauce. Un bourrelet à côté que je mange toujours à la fin. Le bruit de la télévision dans une pièce, dans l'autre, les grands se parlent, me parlent. Je leur réponds distraitement.

— Ouais, c'est bon.

Mal ressort avec son bol. Je prends le mien pour m'en aller diner dehors avec lui. Mal et moi, on regarde la prairie en silence. Dans la distance, les aigrettes perchées sur les chaintres comme des taches blanches semblent ignorer les écrevisses sous l'eau trouble et des oiseaux noirs s'envolent et atterrissent comme des jaseurs, une volée qui se mène. Ils balaient la prairie. Ces petites taches noires forment un tout, on dirait une danse. Plus loin, les toits des maisons, les saules, les clôtures et les couleurs estivales ternissent presque imperceptiblement.

— C'est des grives ? je demande à mon grand-père.

Mal répond en riant.

— Non, c'est des étourneaux. Tu connais quoi ça fait ça pour ? Quand ça danse dans cette manière drôle, dans le vieux temps, ça disait que, quand les grives volaient comme ça pendant l'été, c'était parce qu'un orage était après venir. Peut-être le lendemain. Tandis qu'en automne et en hiver, ça aurait été un froid qu'était après arriver. C'est pareil comme le ciment mouillé. Le ciment puis même le bois des fois ça se mouille avant l'orage.

Mal hoche la tête et offre un sourire complice aux oiseaux.

— Sure enough, tu vas voir. Demain, ça va mouiller. Mais on pourrait l'user, la pluie, ajoute Mal en pointant un arbre visiblement sec au milieu de sa cour. Tu vois le petit figuier, là ? Ton nombril est enterré dessous.

— Mon nombril ? je demande, emmêlé, en me touchant le ventre.

— Ouais, quand un bébé nait, son nombril tombe pas longtemps après. Tous les nombrils dans la famille sont enterrés dans la cour ici. Well, la famille qu'était née ici à la maison, je veux dire. Ça se fait, quand le monde te demande d'ayoù tu viens, tu peux dire que ton nombril est enterré à Prairie Ronde.

Du seuil, la voix de mon père annonce : « Okay Perro, let's go ! » Je laisse mon bol sur le perron, me lève et serre la main à Mal. Je galope et monte dans le char avec mes parents. Le soleil bécote la prairie et brille légèrement dans mes yeux jusqu'à ce que nous tournions vers l'est, puis vers le sud. Trop de manger, trop de temps passé dehors avec mon cousin, trop de biscuits aux pacanes et trop de lait me fatiguent.

Il fait noir quand on arrive chez nous. Mon père reste dehors avec ses amis motards. Ma mère met *Space Jam*. On le regarde ensemble. Je danse sur la musique, je joue au basketball, je saute, je m'allonge sur le sofa en faux cuir, ma tête couchée sur la cuisse de ma mère qui mange des restants. Je m'endors avant la fin du film.

Je rêve de mon père. J'imagine qu'il tombe dans la grosse poubelle dehors. Les motards rient. Je ris itou. Le bruit mouillé de sa chute me rappelle la boucherie, de la chair et des os. Je ressens sa présence dans ma chambre. La pression monte vers la noirceur de la pièce. Mon lit flotte vers le plafond. Ma vision se rétrécit et je me retrouve dos plat au fond d'un boucaut de viande jetée. Mes meubles, mes jouets, mes livres deviennent os et flottent épouvantablement dans ma chambre. Une main familière surgit de mon matelas et m'agrippe le pied. Je me réveille. J'entends mon père qui entre dans la maison. Il siffle dans la cuisine. Il cherche à manger. Je ne parviens pas à hurler comme je veux. Le plafond oppresse ma poitrine, ma gorge, ma bouche.

Balance

Ma mère m'amène à la boucherie de mon grand-père comme tous les lundis d'été. Je ne vois pas beaucoup mon père ces jours-ci. Le visage de ma mère me dit qu'elle regrette que je passe autant de temps avec mon grand-père et les autres bouchers dans la boucherie, mais elle sait que c'est là où je vais apprendre à travailler dur, apprendre à faire boucherie, apprendre à devenir un homme.

— Comporte-toi bien, elle me dit. Demain tu vas venir au travail avec moi, okay ?

J'entre par la porte d'en arrière. Il fait froid en dedans. Entre quatre murs blancs, au milieu d'une boucherie bien propre et tout en acier, comme l'avenir, Mal gratte son dos avec le bout de son couteau. Il met dans sa bouche un morceau de tomate tranchée et assaisonnée avec du piment rouge. Ne le chique guère avant de l'avaler. Il parle avec un client. Il faut parler fort, avec la poitrine, ici. Il coupe, écoute le client, apporte la moitié d'un reintier à la scie. Il appuie sur un bouton gris et la scie s'allume et son cri aigu enterre l'histoire du vieux client. La machine crie, les éventails bourdonnent au plafond, la télévision jarre toute seule. Ici, on ne peut jamais entendre le tictac de la pendule.

Mal se penche un peu contre la scie. Se courbe vers la tâche. Il est bien dans ses semelles, planté dans son long pantalon bleu et amidonné. Il est grand comme un saule, long et musclé sous sa chemise en coton. Ses mains veinées glissaillent le reintier en cadence et garrochent des morceaux de porc sur la balance. Il jette les os et la peau graisseuse dans le baril gris à sa droite. Le client guette le pesage. Deux, quatre, six morceaux atterrissent sur la balance.

— Ça suffit, dit l'homme.

— Quand ça suffit, ça suffit, ajoute Mal.

Je contemple la chemise bleue de mon grand-père, son nom écrit dessus. « Malachi. » La mère de Mal, Divine, a donné naissance à quatorze enfants dont les noms m'ont toujours intrigué. Mal et ses frères et sœurs ont des noms magnifiques : Esther, Melba, Tréville, Ella-Mae, Valmar et d'autres jusqu'au cadet, Malachi. Tous grands et maigres comme des fourmis rouges qui portent la ferme sur leur dos, se parlent en français, se croisent et se côtoient dans le clos sept jours par semaine. Divine, au centre du bari-bara de la maison, règne sur leur travail et surveille sa famille depuis le châssis du salon. Grande comme une déesse. Son fils Mal est devenu le porte-parole des Cormier, celui qui raconte quasiment sans cesse, à tel point qu'on pourrait dire qu'il s'est nommé lui-même. Comme s'il s'était fait Mal. Sa figure est forte, bien faite, vieille. Il prend des morceaux, les enveloppe de papier blanc. Annonce le prix. L'homme paie. Les deux continuent à charrer.

Je regarde la télévision, images en noir et blanc, pendant que chacun partage son avis sur la météo. Mal jette enfin un « au revoir » au client et revient vers le bloc. Ses mains, teintées d'un rouge pâle, un rouge mort, tiennent un cœur sur la table, le même rouge que ses doigts. Ça me fait un choc de les voir réunis si près. Il se remet à couper en comptant à voix basse.

Parenté

— Tu connais d'ayoù ça vient, Perroquet ? me demande Mal.

Quel plaisir ça devrait être, nommer quelqu'un sans qu'il ne sache pourquoi. Mal continue sans attendre ma réponse.

— Quand t'étais petit, comme tu fais encore aujourd'hui, tu parlais un tas. Tu chantais, tu dansais, là des fois il faulait qu'on s'assise tous dans le living room et tu faisais comme si t'étais un radio announcer, tu chantais, tu dansais. Là t'as devenu notre Perroquet.

Il sourit comme un bébé et laisse échapper un tout petit gloussement.

— T'es toujours notre Perroquet. Aw ouais, ça c'était toujours ton affaire, conter des contes et chanter des chansons en avant de nous autres. C'est moyère drôle aujourd'hui t'es après faire boucherie comme ton grand-père.

Il se penche et agrippe une longue cuillère en bois pour brasser la sauce rouillée au fond de la chaudière noire. Une ombre ronde et lourde sur le feu. La sauce mijote et siffle un peu.

Mal et moi, on s'assoit à côté d'un feu pétillant dans la chaleur d'été. Mal me raconte ses histoires, et dans ses histoires, Mal travaille dans le clos. Il fouille les patates douces. Il n'arrive pas à enlever la sève collée à ses mains, les patates collantes. Il porte un chapeau de paille pour ne pas voir le soleil. Il mange du caillé le matin. Il se lave après ses treize frères et sœurs, dans l'eau sale et froide. Il va dans la grange, tard la nuit, pour séparer la vache et le veau pour qu'il leur reste assez de lait le lendemain.

Je ne suis pas certain si Mal invente ou vole les mots qu'il forge. Sa parole me bénit, me confond. Il soupire, comme si l'air respirable venait tout juste de souffler vers nous.

— Tu connais, après j'ai quitté la maison, j'ai fait un petit brin de tout quelque chose, mais mon main affaire à moi, c'était tout le temps travailler dans la viande, reprend Mal.

Ses narines se dilatent fièrement. Il me raconte comment il a travaillé dans un abattoir, où il a tué les bêtes, où il salait les peaux et coupait la viande. C'était lui qui fournissait quasiment toute la viande pour le village. Comment il menait les veaux à l'abattoir. Comment il tuait les veaux pour eux autres, comment il coupait la viande et l'enveloppait.

— C'est pour ça j'ai toujours ça dans mon sang.

Ce dernier mot me touche l'oreille comme une piqure. Le mot « sang » est fin, élastique comme un barbillon de barbue.

La berceuse craque sous son poids, les lambourdes grimacent. Le long nez de Mal se tourne vers moi, un bec de menteur. Il ressemble un peu trop au mien. Un nez divin qui sort d'une tête qui sait tout ce qu'il y a à savoir. Ce long bec rend son regard encore plus rieur. Même quand il raconte une histoire sérieuse, on a l'impression qu'une blague nous attend à la fin, qu'il garde un piège en bouche. Qui connait mieux le chemin des fourmis que l'oiseau matinal ?

Mal continue. Il me raconte qu'après avoir quitté la boucherie de Delahoussaye, il a travaillé pour une compagnie de construction à Bâton Rouge où il restait avec un de ses frères. Pour avoir son loyer gratuit, les weekends il lavait des chars et changeait l'huile. Après, il est allé travailler pour Frito-Lay, où il vendait des chips. Il s'assoyait sur le siège étrange entre le volant du camion et le coffre plein de croustilles.

— J'étais pas trop fou derrière ça, il m'avoue. Il y avait pas de viande là, c'était tout des chips.

Mal est content de voir que je comprends la blague et il fait semblant d'essuyer une larme pendant qu'il rit. Ses dents ne m'ont jamais paru aussi blanches, ni ses pommettes aussi raides, ni ses coudes aussi fins. Il se penche encore et se remet à la cuisson.

Mal a parié sa fortune sur une scie et un bloc de boucher. Il a demandé à la banque pour l'argent itou.

— Boy… Pop, lui, il a pas aimé ça.

Son père disait qu'il gaspillait son temps et son argent. Mais il a « go ahead » et a rencontré les banquiers. Il avait écrit tout ce qu'il voulait dire aux banquiers. Il avait ses notes, ses plans. Il avait mis un ensemble avec une cravate. Il était filou, ouais.

Et puis ils lui ont prêté l'argent. C'était vingt-cinq-mille piastres.

— Boy... quand Pop a entendu ça !

Le père de Mal lui a dit qu'il serait jamais capable de le rembourser. Comme Mal aimerait que son père puisse le voir asteur.

Mal retire la cuillère de l'ombre bouillonnante. Il en fripe une goutte, satisfait. C'est paré.

Rencontre

La petite cloche sonne quand ma mère pousse la porte de la boucherie. Elle est grande, blonde, elle a les yeux rieurs. En entrant, la nouvelle reine de l'Université d'État de Louisiane à Eunice tombe face à face avec mon père. Il est jeune, fort, court, les cheveux châtains gommés. Son uniforme ne lui va pas, comme s'il l'avait emprunté à quelqu'un de plus gros que lui. Mais elle reconnait la gravité dans ses pas, dans ses gestes. Elle le trouve même beau. Elle admire ses traits exagérés. Son grand nez, ses longues oreilles, ses grosses lèvres, les doigts parfaits pour son métier. Les deux échangent des regards familiers. Elle lui adresse un sourire royal. Lui, il ne parvient pas à étouffer l'excitation qu'il ressent devant elle.

Ils se saluent. Elle commande ce dont elle a envie pour la fête familiale, une célébration de sa nouvelle royauté. Sa mère préparera son repas préféré : panse boucanée. Mon père prépare les ingrédients. Elle paie. Elle lance un dernier sourire avant de disparaitre. Il regrette de ne pas avoir dit plus. De n'avoir presque rien dit.

Quand mon père retourne vers l'ouvrage quotidien, un autre vieux boucher lui lance :

— Ça c'est une jolie petite femme.

Mon père se serre un peu, et ne dit rien.

— Tu vas rien dire ? continue le vieux. Elle te veut, ouais. Mais elle sort avec ton cousin c'est ça ? Ça, j'ai jamais compris pourquoi, laid comme il est.

Mon père ne rit pas, mais il est d'accord. Il se dit que, la prochaine fois qu'elle viendra à la boucherie, il la courtisera.

Dans le sang

Mon père travaille vite dans la boucherie. Court, confiant, il glisse d'une table à l'autre. Fort comme un chicot. Un gros reintier de bœuf rouge froid entre ses mains. Un couteau l'attend sur la table. Il le prend et insère la lame parfaitement entre le tissu conjonctif et la viande graisseuse du dos de l'animal. Il retire le tissu et le jette au boucaut derrière lui, son regard toujours collé sur le reintier. Il enlève la vertèbre et la jette également dans le baril. Il remet son couteau sur la table blanche et rosâtre. Il prend le reintier avec ses deux mains et l'apporte à la scie comme si ceci n'exigeait aucun effort de sa part.

Il coupe des gros steaks d'aloyau. Un après l'autre. Le cri de la scie lui rappelle une bête affamée, épeurée de sa faim. La lame dentelée sépare les os comme du beurre chauffé, et coupe la chair en morceaux comme si elle n'avait jamais été autre chose qu'une pile de steaks sur la plaque en acier de la balance.

Faire boucherie, c'est dans son sang. Mais mon père ne veut plus être boucher, il cherche autre chose. La sauterelle, sous la première grande chaleur estivale, ne voit même pas les fourmis. Mon père ignore le travail devant lui. Il trouve ça sec, robotique, sans fin.

Mal dit que faire boucherie, ce n'est pas l'affaire de mon père. Mon père cherche une autre vie. Pas assez d'argent. Le travail est joliment dur. « C'est un tas d'ouvrage » et mon père n'est pas fait pour ça. Mal dit que mon père se croit au-dessus de la boucherie.

D'après mon grand-père, il n'y a rien comme fouiller des patates.

— Ton père croit que faire la boucherie c'est trop dur. Comment ça il peut complaindre dans l'air conditioning. Quitte-moi te dire, il devrait être content qu'il n'est pas dans le clos après fouiller les patates et les charger dans un wagon, dit Mal avant de siroter son café noir.

Fouiller dans la terre, mettre des patates dans des caisses, passer toute la journée sous le soleil, essayer d'enlever la sève collante de ses mains. Tuer et découper les animaux, fouiller dans leur abdomen et en tirer les entrailles, satisfaire les clients, essayer d'enlever le sang collant de ses mains. Tout ça me parait beaucoup plus exigeant qu'écrire des poèmes.

Quand Mal était jeune, son job le plus exigeant, c'était fouiller des patates. Quand il récoltait les patates douces, des fois il utilisait un mulet ou un cheval qui halait une sorte de petite charrue parce qu'il fallait ouvrir la terre un petit brin. Mais la plupart du temps, il fallait l'ouvrir avec une cheuve ou un râteau. Il passait dans chaque rang, ouvrir ça. Et la terre était dure parce que la récolte avait habituellement lieu en aout. Là, il ramassait les patates et les mettait dans des crates. Puis il fallait qu'il charge ça sur un wagon.

— C'était beaucoup dur, man, il me confie. Puis c'était lourd, et il faisait chaud un tas. Aw ouais, on avait pas besoin de tracasser d'un health club, tu connais. On avait exercise assez.

Il considère et ratisse ses propres mots, fier de son passé exigeant. Il glousse et envoie quelques ondulations dans sa tasse de café.

Faire boucherie, c'est un tas d'ouvrage. Le reintier courbé par-dessus la table, rester debout toute la journée sur le ciment, faire des allers-retours interminables de la glacière au congélateur, se couper la main gauche chaque jour, assaisonner la viande, la tourner pour tout mélanger, avec la main coupée. Naturellement, le vieux-t-homme est un bon mécanicien. Mal manipule la chair et les os avec la précision d'un chirurgien.

J'ai vu mon père dans la boucherie avec Mal. Je l'ai vu ne pas se voir dans les mêmes chaussures que son vieux père. J'ai vu la manière dont il observe le gros dos courbé et endolori de Mal. Mon père pense à ses propres os, ses propres genoux, à l'arthrite qui s'installe déjà dans ses mains froides et dans le bas de son reintier. Il ne veut pas devenir son père.

Un jour, mon père quitte la vieille boucherie de son père et ne remettra plus jamais son tablier rouge.

Nombrils

Dans la vallée basse de son grand lit, ma mère lance des cris, des appels à l'aide, à un homme qui regarde le plancher. Mon père ne répond pas. Il regarde le plancher. Peut-être qu'il l'ignore, peut-être qu'il imagine la boue sous le plancher, recouvrant les réseaux de conduites de gaz et de fourmilières.

Ma mère ne prend aucune drogue, alors elle met les anabolisants dans la même catégorie que les opiacés, les stimulants et les sédatifs. Elle est contre tout ça, et son aversion s'entend dans l'éruption d'insultes qu'elle crache au visage de son mari. Mon père se soumet aux seringues et aux pilules depuis des années. Il est surexcité. Là, devant ma mère, il est déjà parti, perdu dans son propre corps, terrifié par le monde réel.

Je sors de la maison et n'entends que les cris étouffés de ma mère et ceux de plus en plus aigus du moqueur perché haut dans le chêne de notre jardin. Je m'accroupis, impressionné le peu qu'il faut pour faire dérailler les fourmis rouges. Il suffit de placer une seule feuille verte sur leur voie poussiéreuse et elles la traversent comme si affronter cette montagne toute neuve était une partie inévitable de leur voyage.

La porte s'ouvre et se referme. Mon père monte dans sa voiture sans dire un mot. Il démarre et s'en va, suivi d'un nuage d'échappement. Je suis les fourmis vers la cour arrière, de l'autre bord de la montagne verte. J'y trouve un ballon de football à moitié gonflé et terni par le soleil, la pluie et l'attente interminable. Mon père ne vient jamais jouer, et moi, ça ne m'intéresse pas de jouer tout seul avec un ballon ovale.

Le bourbier en arrière de la cour m'appelle et je me dirige vers la fardoche mouillée. J'arpente la frontière imaginaire entre arbres et ombres, presque confondus dans la lueur du soleil couchant. La nuit n'est toujours pas couchée sur la prairie, mais la fardoche derrière ma maison se blottit comme une ile sombre au milieu d'une large verdure. Mon odorat ignore la moisissure et s'étire vers la sève qui monte des contreforts des jeunes cipres aux troncs. Ces arbres obstinés s'entremêlent en alternance avec les chênes gris, les saules, les oliviers et les pacaniers. J'enjambe les ronces et les branches.

J'ignore combien d'autres nombrils de Cormier couchent sous les feuilles mortes. Debout, le reintier droit, je regarde la voute basse de la fardoche, écoute la société de carencros et de moqueurs, toujours les mêmes oiseaux qui répètent les mêmes ordres, toujours les mêmes arbres et les mêmes ombres à chaque crépuscule. Je ressens l'énergie du continent sous mes pieds, ne pense pas aux tracas d'adultes qui éclaboussent l'intérieur de la maison. Je reconnais cette humidité qui me rappelle que je suis encore dans le seul endroit au monde où le temps s'accordéonne et où la boue ne coule guère. Mais je me sens seul, fragile. Et pour la première fois, mon père, costaud, me parait si faible, si petit dans son délire. Son corps si délicat. J'ai parfois l'impression d'avoir sauté une génération, comme si je descendais plutôt de Mal. Ou peut-être que c'est mon père qui n'a jamais su trouver sa place dans la lignée. Peut-être que son nombril a été enterré ailleurs, loin des nôtres.

Reintier

Je me réveille tôt, avant mes parents. Pas besoin d'une alarme. Je suis toujours debout de bonne heure, avant le soleil. J'enfile un pantalon et un t-shirt. Je me rends au salon pour regarder quelques illustrations dans un livre sous la lumière jaune d'une seule lampe. Le carton du livre est appuyé contre mon mollet entre mes jambes croisées. La vieille ampoule poussiéreuse se reflète sur les pages cireuses. Dehors, les quelques dernières gouttes d'eau, les plus paresseuses, descendent entre les bardeaux et glissent lentement dans la gouttière jusque dans la boue pour me dire qu'il a plu hier au soir. Je tourne la page.

À chaque page je reconnais la figure de mon père, mais c'est ma mère qui arrive et s'assoit à côté de moi. Elle chuchote mon nom avec une douceur matinale et maternelle.

— Perroquet, je vas quitter ton père.

Je la regarde. Ses yeux versent chacun leur propre larme. Puis mon regard retourne au livre. Elle essaie de m'expliquer pourquoi, mais je le sais déjà. Je ne peux pas le mettre en mots et elle non plus. Elle parle doucement. Lui, mon père, il ne sait même pas faire ça. Peut-être que c'est ce que ma mère me dit sous la lumière jaune. Seule, elle se parle et s'explique et essaie de nous convaincre que partir est la seule option. Elle se rappelle toutes les fois pour justifier sa douleur, pour s'aérer la tête, pour s'apaiser, pour apprivoiser la solitude qui s'en vient, pour se faire des accroires dans l'obscurité.

Mon père n'arrive pas à se guérir de l'enfance que Mal lui a donnée. Tout ce qu'il a à dire reste bloqué dans sa gorge. Mon père a compris qu'il ne suffit pas, qu'il n'est rien sans son père, qu'il ne vaut rien.

Parfois je me demande ce que mon père aurait à dire si l'héroïne ne coulait pas dans son reintier tard la nuit jusqu'au bon matin. Je l'imagine lorsque ma mère me quitte pour aller dans leur chambre. Je le vois se réveiller au même aveu que moi. Dans mon idée ou sur la page cireuse, couché dans son lit, face à ma mère, il a l'air désossé, flasque. Depuis ma chambre, j'entends ma mère lui parler d'une voix tremblante, comme une voix qui se doit la vérité. Une voix quand même rassurante par sa vitesse et sa douceur. Une voix assurée. Je l'entends, mais ses mots m'échappent. J'entends sa voix, comme si c'était la seule voix que je connaisse. Mon père ne parle pas.

Je l'imagine muet, seul, mou. J'entends ma mère lui conseiller d'appeler Mal pour lui demander de l'aide. Ce n'est plus à elle de l'aider. Dans cet appartement à Lafayette, au ras du bayou, le silence de mon père s'évapore dans la rosée, dans l'humidité pesante, dans les gouttes d'eau qui rejoignent les flaques matinales, dans le chant des papes de l'autre côté du châssis, dans le baribara du salon, là où je tiens le reintier solide du livre entre mes mains et lis à voix haute.

Fourmis

Comme une page tournée par la brise matinale, il faut qu'on déménage.

— Ton père va vivre avec ses amis, m'assure ma mère. Toi et moi, on va vivre ensemble, ailleurs. Tu auras ta propre chambre. Tu pourras regarder des films et lire des livres. On nagera dans la piscine, même le soir si tu veux. Tu vas te faire des amis.

Je ne pose aucune question. Comme deux oiseaux à la recherche d'un endroit sûr où se poser, on se dénique afin de survivre.

La nuit, j'ai peur. La main qui m'attrape la cheville va revenir, c'est sûr. Comme ma mère me l'avait promis, j'ai encore mes films, mes livres. Je lis les paroles des chansons dans le livret des cassettes. Je lis le soir, au lit. Le silence de mon père m'habite encore. Lui ne lit jamais. L'ombre de ses silences remplit l'espace vide entre mes lectures et le sommeil, habite le blanc des pages. Je frissonne. Le plafond de ma chambre s'abaisse. Des fois je dors à côté de ma mère, dans ses draps à motif guépard.

Le matin, je sors. C'est humide, pesant, ensoleillé. Je descends en tenant la balustrade comme il faut. Il y a toutes sortes de petites branches tombées par terre. Elles ramassent la poussière. Je ramasse les branches. Après un bout de temps j'ai deux poignées pleines de branchettes. Je m'accroupis pour en prendre une autre et je remarque un nid de fourmis. Une fourmi arrive, une miette de terre soulevée au-dessus de sa tête. Trois autres partent du nid, chacune dans sa propre direction. Elles ont chacune leur mission. Elles se croisent. Elles se saluent. Elles traversent des branchettes tombées, des petits trous dans la poussière. Elles contournent des feuilles mortes et des fruits de gommier. Je suis les voyageuses pendant un bout de temps, puis j'en observe une qui rentre chez elle. Elle entre dans un trou. Mais où est-elle partie ? Combien y en a-t-il sous la terre ? Je prends une de mes branchettes pour fouiller un petit brin dans le nid. Quelques fourmis en sortent. Elles se mettent tout de suite à ramasser les miettes de terre que je viens de déplacer. C'est leur maison. Il est tellement fragile, ce nid de poussière. Et elles vivent toutes dedans. Je décide de les aider à renforcer leur construction. Je clôture le nid avec un cercle de branchettes comme pour en faire une barrière. J'ajoute d'autres branches au centre : quatre tours pour qu'elles puissent voir venir leurs prédateurs de très loin. Des branchettes plus courtes vont vers l'extérieur, première ligne de défense.

J'entends claquer une porte. C'est Sam qui sort de son appartement en bas de chez nous. Il me voit. Il accourt vers moi.

— Quoi t'es après faire ? aboie-t-il.

— Je construis un hôtel pour les fourmis, dérange-lé pas.

Sam rit, puis il prend son élan et donne un grand coup de pied qui envoie le nid, l'hôtel, la terre et les fourmis dans un nuage de poussière.

— Mais pourquoi t'as fait ça ?

Je me lève. Je ne pense pas. Je suis hors de moi. J'observe la scène depuis l'extérieur. Je fais ce que ferait mon cousin après un tel crime : je pousse Sam au sol. Il se lève et me pète une tape entre les jambes. Je suis de retour dans mon propre corps, par terre et en douleur. Tout devient flou. Je cours. Je monte les escaliers. Je rentre chez nous. Voilà ma mère. Elle m'amène dans la salle de bain, essuie mes larmes.

— Ça va aller, cher.

Non, ça ne va pas. Personne n'est venu à ma défense. Mon cousin n'y était pas. Mon père non plus. Je ne sais pas me défendre. Et je ne me bats pas comme mon cousin. Il est costaud, fort, bruyant, comme Sam, celui qui hante mes jours, qui fourre tout le temps son nez dans mes affaires. Je ne sais toujours pas pourquoi. Et les branchettes poussiéreuses ne suffisent pas à me protéger.

Un jour, on partira d'ici. Un jour, je saurai me défendre.

Bingo

Je me rends au travail avec ma mère. Assis dans le siège passager de son char, je m'endors petit à petit tandis qu'elle conduit vers l'ombre nocturne. On fuit le soleil levant pour se rendre à Jennings. KBON joue tout bas. Pendant l'été, on se rend au bingo et on écoute KBON. Je vois de moins en moins mon père ces jours-ci. Il ne travaille plus à la boucherie, et ma mère préfère que je passe du temps avec mon grand-père et les autres bouchers, ou bien avec elle.

Ma mère monte le volume de la radio. On entend les derniers accords d'un accordéon. Paul Marx lance : « Louisiana proud ! Un-zéro-un-point-un K-B-O-N. Ça c'était Church Point Breakdown de Steve Riley et les Mamou Playboys. La prochaine chanson on va écouter vient de Clifton Chenier, ça c'est You Promised Me Love, Tu m'as promis l'amour, un petit brin de blues pour vous autres dessus ce gros mardi matin chers amis ! » Le roi de zarico enchaine avec sa chanson. Son accordéon fait vibrer l'intérieur du char et l'air s'ouache dans la fabrique des sièges. Ma mère chante avec lui.

— *Tu vas d'être dans mon côté...*

Le roi nous porte jusqu'à la maison de retraite.

On arrive à Jennings. On se stationne dans le parking lot de gravois et on descend. Ma peau se mouille immédiatement dans le brouillard matinal. On entre dans l'air conditionné, dans l'odeur du café et du déjeuner. Une infirmière nous croise et nous salue.

— Bonjour boss ! Bonjour Perroquet !

— Bonjour, on répond.

On se rend directement dans le bureau de ma mère, derrière la porte avec l'étiquette métallique « Administrator ». Elle s'assoit devant l'écran de son ordinateur. Je dépose mon sac à dos sur le plancher. Elle m'encourage :

— Ils vont bientôt manger, puis plus tard ils vont jouer au bingo là, dans la cafétéria. Je crois qu'ils vont avoir besoin d'un annonceur pour dire les numéros en français.

Je souris et me précipite vers l'odeur du café.

Tout craque ici. Les lattes du plancher ploient sous mes pas adolescents et annoncent mon arrivée. La télévision bourdonne. Les fauteuils roulants roulent depuis des décennies, ont soutenu des centaines de fesses, ont veillé sur des milliers de tasses de café, des milliers de déjeuners silencieux, des milliers de jeux l'après-midi, ont absorbé des centaines de taches de café noir. Les rires des infirmières percent l'air. Les reintiers dans la foule crâlent et plient sous le poids du temps. Et moi, adolescent parmi les vieillards, je suis la seule personne de moins de soixante-dix ans ici. Je flotte d'une table à l'autre, d'un fauteuil à l'autre, absorbant tout ce que cette génération a à dire dans cette langue familière.

Après le diner, je monte sur scène. Je répète les lettres et les chiffres inscrits sur les boules qui tombent l'une après l'autre de la machine à bingo. Les participants répètent mes annonces en chœur, enchainant les chiffres aux lettres. Graduellement, la pression monte dans la pièce.

Une autre boule roule de la machine. Et puis une autre. Enfin, une dame crie « Bingo ! » Je descends avec mon cahier et me précipite vers elle. Je vérifie sa carte avant de lancer vers le reste de la pièce :

— C'est un bon bingo !

Et la foule réagit dans un mélange de soupirs frustrés et de légers applaudissements. Sur les longues tables blanches, des flammes de chandelles vacillent et des mèches craquent. Les mêmes femmes et les mêmes hommes disent les mêmes bêtises, et leurs dents croquent les mêmes noix tombées des mêmes pacaniers que l'année dernière. Les vieux et moi, on parle la même langue, celle des souvenirs.

Ma voix fait vibrer l'intérieur de la pièce. Mon esprit s'installe. Un perroquet aux plumes jaunes dans un marais louisianais.

Cette résidence est mon refuge.

Quartier

Tout le monde a un vélo gris. Moi itou. Ce vélo auquel j'avais tant rêvé fait désormais partie de mon corps. Je me déplace toujours à vélo. L'air autrement humide et lourd se purifie à vélo. Je l'utilise pour aller à la piscine publique. Pour rejoindre mes amis et jouer au football, au baseball, à n'importe quoi. Des fois, je croise mes amis dans la rue ou sur le trottoir. On se salue. Des fois, je roule sans les mains. Des fois, les yeux fermés. Des fois, mon t-shirt claque au vent. Des fois, je roule sous la pluie, les fesses mouillées, la figure mouillée, les chaussons mouillés. Des fois, on roule à deux ou à trois, sous la pluie, dans la boue, on tombe, on se salit.

Asteur, je roule seul. J'essaie de me rendre chez moi à temps pour souper. Je croise du monde. Ce ne sont pas mes amis. Ils sont plus vieux, des nouveaux dans le quartier, peut-être. Ils rient de moi. Ils m'interpellent :

— Hé, tu vas où toi ? T'as peur ? Attends attends, je peux l'essayer ton vélo ? Nah y a pas de tracas je te le rends je te le rends...

Ils sont trois. Tous plus grands que moi, ils s'avancent et m'encerclent. Leurs vêtements sont monstrueusement larges et brillants.

Je retrouve mes esprits par terre. Seul. Sale. N'ai plus de vélo. Je rentre chez moi. Je ne dis rien à ma mère.

Me voici sur la moquette de ma chambre. Je joue avec mes figurines. Elles se battent. Elles jouent au football, au baseball, à n'importe quoi.

À table, je mange toute mon assiette.

— Ouais, tout va bien. On a joué au football... Ouais, c'était bon.

Le regard de ma mère s'attarde sur moi. Elle ne me croit pas. Après le souper, j'écoute le roi des bayous avec elle. *I'm coming home 'cause that's where I belong.*

China closet

Le chemin qui mène chez Mal est étroit comme une scie. Le soleil s'annonce avant qu'on puisse le voir, et ma mère préfère ça quand elle conduit, ne pas se faire aveugler par sa brillance matinale. Ce dimanche matin, elle m'emmène chez mes grands-parents. C'est le seul jour de la semaine où ils ne vont pas à la messe. Mal va à la messe du lundi au samedi, mais presque jamais le dimanche. Il va à la messe à la maison de retraite, ici, aux Opelousas. Mon grand-père et moi, on passe beaucoup de temps chez le vieux monde. Ma grand-mère l'accompagne le samedi. Et le dimanche, ils regardent Passe-Partout à la télévision. Je m'assois avec eux.

— Perroquet, comment les affaires à ce matin ?

— Les affaires est bon, Mal, et vous autres ?

— Tout est en sucre à ce matin.

— Tu veux un sandwich avec de la confiture de figues ? demande ma grand-mère.

— Ouais, avec plaisir.

Et elle disparait pendant quelques instants avant de revenir au salon, un sandwich en main.

Toujours dans son fauteuil berçant, Mal pose ses coudes sur les accoudoirs en chêne, mange un sandwich aux figues et boit du lait entre les bouchées. Je remplis le silence laissé par ma grand-mère, qui a les yeux rivés sur la télévision.

— Je crois moi et cousin, on va passer notre journée à la boucherie aujourd'hui. Peut-être manger un petit brin puis aller explorer la coulée en arrière. Il y a toujours quelque chose de nouveau là.

Mal m'écoute, bouche ouverte, avec une réponse déjà montée jusqu'à la gorge.

— Vous autres me rappelle moi et mes frères. On était tout le temps après faire des bêtises.

Son sandwich avalé, mon grand-père se frotte les mains au-dessus du plancher, puis se suce quelques doigts avant de continuer.

— 'coute, ma maman avait de la famille à Bâton Rouge. Ses frères et eux autres. Et ça a été gone à Bâton Rouge et là Pop a dit « Vous autres va rester ici ». Et j'ai dit : « Okay ». Elle avait un gros china closet contre le mur là. Et la bataille a pris dans la maison. Y'en avait trois ou quatre, quatre ou cinq de nous autres, des amis. Et quelque sorte de manière quelqu'un m'a poussé. Le mur c'était du sheetrock. Et j'ai frappé entre les deux studs. Ça a fait un trou comme ça dans le sheetrock.

Il me montre la taille du trou avec ses grandes mains en faisant un cercle un peu plus gros que sa tête.

— Eux autres, ils ont revenu, à côté de cinq heures je dirais, l'après-midi tard, le dimanche. On avait pris le china closet et on l'avait poussé pour couverre le trou dans le mur. Maman revient et elle dit : « Vous autres a grouillé mes affaires ? » Et je dis : « Ouais, on trouve ça fait mieux là, maman. » Ça était deux ou trois semaines. Puis elle dit à Pop : « Je crois qu'on va pousser le china closet back ayoù il était. » Ils ont poussé ça et ils ont vu le trou dans ce mur-là.

Un gros sourire pousse sur le visage de Mal, qui me guette du coin de l'œil avant de lever ses yeux au plafond.

— Tu parles de fâché ! Ils ont appelé les Daigle parce que c'était un rent house, mais c'était free rent parce qu'on plantait la terre, mais ils ont appelé du monde pour venir arranger le trou de la grosse tête à Mal.

Mon grand-père ne cherche même pas une réaction à mon visage. Il se réjouit de son propre souvenir quasiment tout seul. Un grand enfant satisfait d'une bonne blague réussie.

— Mal, j'aimerais écrire cette histoire dans un livre. Un jour, si j'écris un livre sur toi, je pourrais la mettre en dedans ?

— Ouais, il hennit, fais comme tu veux. Mais oublie pas de cacher le trou dans le mur.

Croquemitaine

Mon cousin et moi, on arrive à vélo en arrière de la boucherie. Il fait chaud. La cour en gravois blanchit nos pneus, reflète le soleil et nous aveugle. Mon cousin propose qu'on aille explorer la coulée en arrière de la boucherie.

— Ça va nous mener vers ta maison, je crois.

Qu'il existe une autre manière d'arriver chez moi à part le chemin habituel m'étonnerait. Même si je ne crois pas toutes les théories que propose mon cousin, j'ai confiance en sa curiosité.

— Allons voir !

C'est une coulée qui coule une louche à la fois. Elle nous amène dans le bois tenace qui entoure la vieille boucherie. Le bois, plus ancien que le village, nous invite à descendre la pente vers la coulée. Nos pas enfantins font peur à deux tortues qui glissent dans l'eau trouble et plate. Comme toutes les coulées en été, celle-ci sert de cimetière aux appareils usés. Elle a enterré une télévision à gros dos, un carburateur rouillé, une bâche bleue, des vêtements boueux, une bande de chantier, et plusieurs tuyaux. Il y a même un tuyau d'eau paroissiale, bien rouillé, qu'on utilise pour traverser la coulée.

Cette fois, on prend le bord du sud. Mon cousin prend son tour, fixe son regard sur l'autre bord et se tient en équilibre sur la passerelle étroite. Il ne parle pas et commence à traverser, les bras levés des deux côtés comme une croix, le reintier bien droit. Il s'arrête après trois pas, puis continue, doucement. À mi-passerelle, il se dépêche. Il court presque, puis saute de l'autre bord.

C'est mon tour. Je monte sur le tuyau. La traversée me parait plus aisée que mon cousin me faisait croire. Je marche doucement. Je me concentre sur le tuyau. À mi-tuyau, mon cousin crie :

— Garde le serpent !

Je me retourne subitement et perds l'équilibre. Je saute vers l'autre bord de la coulée et plante mes deux pieds dans la boue tout près de l'eau brune.

Tous les deux, on rit en voyant la boue entrer dans mes chaussures. On se serre la main comme pour s'accorder à un beau départ.

— On y va !

On change de direction. On prend le chemin penché, chemin croche et mouillé, chemin fluide et familier, chemin qui pue. Des crapauds font plouf dans l'eau en nous voyant. Des tortues glissent doucement et disparaissent dans le café au lait. La coulée épaisse ne coule guère en été. On saute d'un bord à l'autre de la coulée. On fait peur aux serpents qui nous guettent depuis les branches fines. Les serpents qu'on voit et ceux qu'on ne voit pas. On se faufile entre des branches épineuses et des plantes grimpantes.

On serpente entre des buissons et des télés mortes. Mon cousin coupe le silence de notre balade :

— Bonne chose la coulée va juste dans deux directions, sinon on serait perdus comme des oies.

— Quitte-moi aller voir ayoù on est rendu !

Je grimpe la pente, rampe à quatre pattes jusqu'en haut de la rive. On est en pleine forêt. Le bois nous entoure, tranquille et profond. Le silence du midi jette une grosse ombre partout. Ici, dans le silence, tout est vert. Des plantes grimpent sur chaque saule et chaque chêne. La mousse pend des branches de chaque cyprès. Des lataniers se rassemblent dans le calme aux pieds des géants. Mon regard fond dans la verdure et la lumière mystérieuse du midi estival. Nous voici au ras de la coulée qui sépare ces deux mondes. La coulée, le reintier de la forêt, est toute croche et molle.

— Ouais, comme des oies, je répète, mais faut juste tourner back l'autre bord pour retourner à la boucherie.

— Mais je veux continuer voir si on peut arriver chez toi comme ça.

— Ouais on peut. Je te crois. Ça va prendre longtemps though.

— Allons continuer then !

— Non, je veux tourner l'autre bord manger. Je commence à avoir faim.

— Moi je crois que tu commences à avoir peur. Quoi faire t'as peur pour ? On va pas se perdre. C'est juste la coulée quand même.

— Okay, on y va.

Je force un air confiant. Malgré la faim que je ressens au ventre, j'ajoute :

— Ça fait pas de différence pour moi.

Je redescends la rive penchée vers l'eau stagnante, rejoins mon cousin, la puanteur, les maringouins, l'humidité, les nageurs baveurs et les sauteurs bavardeurs. On s'éloigne de nouveau de la boucherie.

Au loin, en haut de la coulée, mon cousin remarque une couleur qui tranche avec les autres. Une bâche bleutée ressort de la mosaïque de boue, de racines, de talles et de branchettes. On se regarde, tous les deux. On s'en rapproche lentement. La bâche semble servir de couverture pour une tente en haut de la pente, sur la terre plate au ras de la forêt. Les yeux de mon cousin me confirment qu'on a tous les deux la même idée.

Mon cousin se met à monter. Il agrippe des racines et des troncs. Il n'hésite pas. Quand il arrive en haut, il entre dans la tente. Je ne le vois plus. Je monte aussi pour rejoindre mon cousin en haut de la pente. Le faitage de la tente est attaché au tronc d'un saule et sous la tente pendent des vieux habits sales et une petite chaudière. Juste à côté de l'abri, de la boucane file des restants d'un feu de camp.

Une voix très basse et grave sort du bois d'en arrière de la tente. Un homme nous gourgousse. Les mots incompréhensibles sortent de sa gorge comme du gravois.

— Pardon ? je demande, confus et apeuré.

Il s'avance vers nous. Son gros manteau maigrit le corps monstrueux en dessous.

— Pardon monsieur, dit mon cousin. On était juste après patrouiller là-bas puis on a vu votre tente là, puis on s'est dit qu'on voulait monter voir quoi, je veux dire, voir qui c'était qui...

Je n'ai jamais vu mon cousin se comporter de cette manière auparavant. Ses yeux sont ceux d'un poisson hors de l'eau. Son visage est tout pâle. Il recule à petits pas pendant qu'il essaie de parler. Je ne sais pas ce qui me fait le plus peur, la grande mocheté de cet homme ou la crainte écrite sur le front de mon pauvre cousin.

— Rachante pas moi, petit bougre. Fous le camp ! Sors de ma coulée ! Viens jamais back icitte après déranger le monde comme ça. C'est pas la coulée pour le monde. C'est à moi. Quoi faire vous autres est après rester plantés là !?

Il jette son gros visage barbu et boutonneux dans notre direction comme s'il allait nous avaler.

On retrouve enfin nos pieds et on commence à courir au grand galop. On tombe sur le bord et on culbute jusqu'à l'eau sale. On se relève tout de suite, puis on se rend à la boucherie en larmes. On ne parle pas. Je n'entends que nos pas sur le gravois et mon cœur qui bat comme le tonnerre.

Mal vient d'arriver derrière la boucherie. Il descend de son camion et nous demande pourquoi on court.

— Vous autres a vu le croquemitaine ?

Mon cousin et moi on se regarde et on se demande si Mal n'a pas raison.

— Ouais, le croquemitaine, avoue nerveusement mon cousin.

— Y a rien de bon à trouver dans la coulée. Viens dans la boucherie diner avec votre grand-père.

Mal se retourne sans vérifier si on l'écoute, et on le suit comme un héros.

Gombo

Ça bippe jusqu'à ce que ma mère ferme sa portière et fasse glisser sa ceinture. Elle me parle pendant qu'elle boucle le bas. Je ne l'écoute pas. J'ai récemment appris que parfois ma mère ne m'écoute pas, et ça m'a blessé. Comment ça se fait qu'elle ne m'écoute pas ?

— Tu parles trop. Tu racontes des longues histoires avec beaucoup de détails. Je peux pas écouter tout ce que tu dis. Je peux jamais suivre tes histoires. C'est trop.

Ça fait, je suis encore fâché contre elle.

— Je t'écoute pas, je dis.

Ses yeux grandissent et sa bouche s'ouvre dans un gros O.

— Ô non boy, quand ta mère te parle, you better listen.

Et voilà je l'écoute asteur... Jusqu'à ce qu'on arrive au magasin pour faire des grosseries. On descend, tous les deux en même temps. Les ceintures glissent vers l'avant, puis claquent en place. Je crie :

— On fait la course !

Je commence à courir vers la porte de l'épicerie. Ma mère itou. Je n'arrive au seuil que quelques pas avant elle. Je gagne cette fois.

— T'as triché, elle crie en riant.

Je corrige :

— Nah t'es juste trop lente.

Je cherche un boghei. Elle met sa sacoche dans le siège pour bébé.

On commence avec des légumes et des fruits. C'est simple : pamplemousses, pommes, bananes, tomates, cèleri, ognons — jaunes bien sûr —, carottes, patates douces, piments doux — verts bien sûr. Tout brille. Les grosses lumières rondes amanchées aux rafters, loin là-haut, paillètent le plafond rayé, encore plus haut. Elles bourdonnent et se reflètent sur la peau des légumes et des fruits. Ça me fait penser au terrain de basketball où les mêmes lumières bourdonnent et forment des constellations derrière mes paupières fermées.

— Okay, je crois c'est tout, elle annonce. Puis il y a de la viande. Rouge ou blanc ? Ou entre les deux, il y a du porc.

— Du porc ça sonne bon, je lui réponds en hochant la tête.

On fait le tour pour chercher du jambon, du fromage, du beurre, du lait, des œufs. Puis on pénètre les rayons pour chercher des fèves et des bouteilles de sauce piquante et d'autres affaires en jarre et du pain et des Cheetos, des céréales, des cookies, des pop-tarts, des paper towels et des affaires comme ça. Là on est parés à aller à la caisse où j'ajoute un Reese's que la caissière me redonne tout de suite. J'aide ma mère à mettre les affaires sur la courroie. Tout ce qui est lourd d'abord : les jarres et les bouteilles en verre, le lait, le beurre, le fromage. Le jambon et la viande après, et les œufs en avant-dernier, et enfin, le pain.

Ma mère paie pendant que je mets tout dans des sacs. Puis je les remets dans le boghei que je pousse en courant quand on sort. Les quatre roues dures roulent sur le vieil asphalte et font vibrer mes mains et mes bras. Le soleil couchant dit aux lampadaires qu'il est l'heure de s'allumer. Le ciel mauve nous dit qu'il est l'heure de manger. On met des grosseries dans la malle et on remonte dans le char. Les ceintures glissent en place, le five o'clock blast-off joue encore et ma mère nous conduit à la maison.

On arrive. On apporte toutes les grosseries d'un coup. On monte les escaliers. On met les affaires sur le comptoir de cuisine. On commence à vider les sacs, à mettre le tout à sa place. Elle m'explique comment faire.

— Asteur tu peux me gagner à faire des courses, tu peux me cuisiner un gombo. C'est un peu comme fabriquer un collage en découpant des images des vieux magazines. Tu prends ta trinité : du piment doux, des ognons et de l'ail...

Entre les instructions, elle insère d'autres indications comme « Tu ne dois pas travailler à la boucherie toute ta vie, tu sais ça ? » et « Tu pourras continuer à travailler puis suivre des cours de littérature à l'université. Ça me ferait beaucoup fière. » Et c'est la première fois que je fais le lien entre la cuisine et l'écriture.

— Tu prends ça et le reste de tes ingrédients. Tu brasses bien tout ça. Ça prend du temps, mais c'est simple. Et voilà. T'as créé quelque chose de nouveau, d'original. T'as fait un gombo.

Grandir

Le réveil fait retentir cette sonnerie si familière et surprenante. Les lettres rouges m'indiquent qu'il est 5 h 30 du matin. Le froid nocturne se couche sur ma couverture. La chaine du ventilateur tinte contre l'ampoule. Mon corps pèse sur le matelas ferme.

Le soleil appuie sur son réveil, mais moi je me lève puis caracole vers la porte de la salle de bain. J'allume. La lumière me brule les yeux. Le miroir me montre des yeux rouges et bombés. J'ouvre le robinet vers la gauche et espère l'eau chaude. Je me lave la figure et enlève la nuit.

Je me tourne vers la gauche, une main me tient penché contre le mur, l'autre dirige l'urine vers la toilette rose. Je vise le flanc du bol. Méthode muette.

Je me lave les mains. Je sors et traverse le couloir, descends les escaliers puis allume l'interrupteur de la cuisine. J'ouvre la glacière. Je choisis des gaufres, en mets deux dans le grille-pain, les beurre et verse du sirop dessus. Je les mange en regardant les *Fairly Odd Parents* et en me berçant dans une miniberceuse. Je garde un œil sur la pendule.

Il est 6 h 15. L'heure de monter me brosser les dents et les cheveux et de m'habiller. Pantalons, t-shirt blanc, polo et Doc Martens que j'apporte jusqu'en bas pour me chausser assis devant la télévision. Je la regarde jusqu'à 6 h 45. Puis je sors pour me rendre chez Mal qui chuchote ses prières jusqu'à 7 h.

Lettres

Il est rare que nous ayons des moments libres dans la boucherie. Quand je trouve un instant pour me pencher contre le comptoir, je lis. Personne d'autre ne lit ici. Mon père entre dans la boucherie d'un pas déterminé, m'offre un simple « hé bud » suivi d'un silence et se met derrière le comptoir pour s'acheter de la viande hachée. Il profite encore d'être le fils du propriétaire. Mon père annonce sa présence devant les autres bouchers qui, eux non plus, ne travaillent pas.

Je me penche encore contre le comptoir et mes yeux retournent vers la poésie, zigzaguant les vers. Un client entre. Il m'envoie :

— Perro, quoi faire t'es après soutenir le comptoir comme ça ? Ça va tomber sinon ?

Je souris et remets le livre dans le tiroir avant de lui renvoyer :

— Quoi je peux faire pour toi aujourd'hui ?

Pendant que je prépare sa commande, mon père ramasse ses achats et s'en va d'un pas vif sans offrir un mot à personne. Sa silhouette laisse une trace dans l'atmosphère de la boucherie. Entre les silences et le cri de la scie, mon dialogue interne me rappelle l'importance de laisser la langue diriger la construction de l'histoire. Lire à voix haute, écouter les mots. Laisser le paragraphe se charpenter lui-même. Suivre ses instructions. Laisser la vérité se révéler. Créer un nouveau monde avec les ingrédients de celui dans lequel je vis. Apprendre à observer et à se laisser être observé. Admettre que mes os sont aussi les os de mon père, que sa chair est aussi ma chair et celle de Mal. Chair et os délicats comme une arête dans une sauce piquante.

Ça me fait peur de me voir disparaitre, fondre dans le passé. Jour après jour, je suis après faire boucherie comme une scie qui ne s'arrête jamais de crier sa peine. Faire couler le sang sur le plancher ou faire couler l'encre sur le papier. Autour de moi, il n'y a que des tables éclaboussées par le sang rouge.

J'enveloppe la commande du client. Il paie et s'en va à son tour. Je me remets à lire dans cette galerie où les bouchers sont des artistes, dans ce musée à l'envers où l'art colore les tables fixes, où les prix s'annoncent en français et où les bêtes ne lisent pas.

Prière

Ma grand-mère met deux cœurs, deux foies, deux gésiers et deux cous dans l'eau à bouillir dans une petite chaudière. Elle coupe en morceaux les cuisses, les jarrets, les ailes, les blancs et les dos, puis les met dans l'évier. Elle saupoudre généreusement le tout avec des assaisonnements, comme si les mots de Mal étaient dans sa recette. Elle remue les fragments roses. La peau brille comme une page cireuse. Elle les met dans une grosse chaudière bien chauffée où la graisse de poulet siffle son dernier chant avant de fondre et de dorer la peau et la viande assaisonnées.

Ma grand-mère prend la parole.

— Tu connais, quand il a commencé à courtiser ta mère, elle, elle pouvait cuire un petit brin, mais moi j'allais pas trop fou derrière ça. Ça fait, j'ai demandé à ta mère si elle voulait apprendre. Naturellement ta mère a dit ouais. Puis toutes les deux, on était tout le temps après cuire quelque chose là en dedans de la cuisine.

Elle indique la cuisine dans laquelle ceci se passait.

— Gombos, fricassées, des affaires comme ça. Aw ouais on a toujours aimé ta mère. C'est une bonne femme. Elle est probablement mieux sans ton père honnêtement. Et toi, tu vois comment t'es asteur. T'après parler en français pis faire boucherie !

Ses yeux bleus brillent. Mal ajoute :

— Tu connais, j'ai demandé au vieux boucher l'autre jour : « Comment ça va avec Perroquet ? » Il m'a dit que t'étais après faire bien, que tu travailles dur. C'est ça qui compte. Et je suis content parce que ton père, lui, ça veut pas travailler du tout.

Il prend une poignée de pacanes et se met à en croquer doucement. Ma grand-mère tourne les morceaux de poulet. La viande encore crue siffle et des gouttes d'huile éclaboussent le comptoir et le plancher. L'odeur de cayenne frit me chatouille les narines et je tousse un peu.

Ma grand-mère enlève les morceaux de poulet et les met dans le couvert retourné. Elle ajoute dans la chaudière des poivrons, des ognons, de l'ail et du cèleri, tous coupés en dés. Un gros fracas en sort avant que les légumes crachent de l'eau et calment l'huile bouillante. Elle ne regarde même pas sa création. Elle laisse les ingrédients chanter leur vérité, raconter leur histoire. Elle se tourne vers l'évier et se lave les mains lentement, regarde par la fenêtre, semble ignorer l'histoire que raconte son mari. Elle écoute le cri de l'ail, la parole du poivron, le silence du poulet. Elle s'essuie les mains avant de revenir à notre conversation :

— C'est pour ça j'étais si fâchée contre ton père. Lâcher ta mère, c'était la pire chose pour lui. Et il t'a perdu toi itou. Tout ça à cause des drogues. Tout ça parce qu'il voulait pas travailler dans la boucherie avec Mal. Il voulait plus d'argent pour s'acheter plus de drogues. La honte…

Elle secoue la tête et retourne à la chaudière pour brasser l'espace entre poème et prière.

Elle s'installe dans le silence et se donne complètement à la tâche comme pour nous dire que ce mot sera son dernier sur le sujet. Le claquement de sa cuillère sur le fond de la chaudière signifie « on n'en parle plus ». Elle laisse parler les ognons et Mal et moi, on écoute ça. L'eau et les légumes décollent les miettes dorées de viande et de peau du fond de la marmite noire. Déglacée, emplie de saveur et de sens, un éclat de poésie en plein milieu de la prose. Elle ajoute plus d'assaisonnements directement dans la chaudière, laisse frire les légumes pendant quelques minutes avant d'ajouter de l'eau et de remettre les morceaux de poulet dans un silence sacré.

Battements

Depuis sa galerie, Mal et moi, on veille sur la Prairie Ronde. Juste au-dessus des clos et des chaintres entrecroisées un énorme volier d'étourneaux danse en nuée, hors du rythme, comme une vague perdue. Ils se répandent dans l'air lourd. Ils se rassemblent et fondent dans l'humidité estivale.

La sueur tachète le front et la lèvre supérieure de mon grand-père comme le début d'une fièvre. La lumière jaune du soleil estival se répand sur la galerie et efface toute ombre. L'humidité filtre notre dialogue, trempe nos pensées, ralentit notre bercement.

Le volier noir tourne, plonge, monte et souffle en rafales. Une totalité. Et les fourmis nettoient nos cornes, apportent nos tracas sur leur dos et racontent leur détermination ancestrale partout sur la prairie sèche.

Être à la merci de la danse d'étourneaux ou de la faim des fourmis pour prédire la météo m'intéresse beaucoup moins que de me perdre dans les histoires que raconte la prairie. Peut-être que mon père voyait en Mal ce que je vois en ce moment. Un avenir impossible.

La prairie fourmille d'histoires que je veux écrire. Parenté sur parenté, du travail dur, récolte après récolte, fourmi devant fourmi. Des fois le vent chante. Des fois Mal se tait. Des fois on peut entendre les battements des ailes, les pleurs du saule, les louches de la coulée qui me berce avec ses contes. Mal coupe l'air lourd comme une branche de cotonnier. Il file l'air épais comme un couteau. Il aiguise sa langue en cadence avec les étourneaux jusqu'à ce que le volier disparaisse à l'horizon.

Court-bouillon

Mal se penche vers le feu et pique les rectangles de bois. Les morceaux de chêne et de pacanier se soumettent aux coups de bâton et laissent voler des confettis orange dans l'air. Une chaudière de court-bouillon trône sur une pile de braises. Parfois, quelques flocons de cendre tombent dans la sauce.

— Ça donne un meilleur gout, tu connais ? Quand les cendres flottent dans la chaudière. Gives it a nice flavor, comme dit le bougre.

Et je crois ça. Notre reflet chatoie dans la chaudière noire et robuste tout comme l'arête dans la sauce. Je gratte mes pensées sur une feuille de papier, fragments d'un souvenir lointain. L'odeur est bonne. L'air est chaud. On parle peu. Mes souvenirs, bouches grandes ouvertes, expirent un mélange d'émotions vives comme le silence avant l'ouverture de la boucherie. « Une prière chantée est une prière doublée », m'a toujours dit ma mère. Le court-bouillon gargouille. Son odeur ramène l'œil de mon imaginaire là, au milieu du souvenir, et je pense à la manière dont on concocte les histoires. On les pince et on les prend du sol comme une fourmi, on les collectionne et on les épingle, le dos brillant contre le mur, comme des rangs de fleurs pillées.

J'imagine le calme de la bibliothèque municipale au centre-ville des Opelousas. Pas loin de la boucherie. Pas loin de chez Mal. La bibliothèque en briques rouges en face d'un magasin de bricolage, à côté d'une église. L'odeur des livres, des fichiers, des catalogues, des généalogies me chatouille le nez. La moquette rouge, érodée par le fleuve humain, ajoute sa note à la cacophonie d'odeurs. Quand j'erre dans un rayon, je me rends compte que je marche différemment. Dans la boucherie, mes pas sont lourds, déterminés, je me déplace avec des intentions, de la viande à couper, à envelopper, à vendre. Ici je flâne, presque somnambule. Mes pattes feuillètent au moins une corde de pâte à papier. Histoire après histoire, je consomme autant de mots dans un après-midi ici pour tout dire, tout décrire. La page noire. Les mots rampent sur les feuilles comme des milliers d'insectes et mes yeux zigzaguent et tentent de les suivre. Je suis un carencro perché dans l'arbre, un jaseur en pleine causerie, un moquer colonial, et je ne veux rien d'autre que de sucer les os des poètes enterrés.

Une fourmi attire mon regard et je reviens au feu. Toute seule, elle marchaille en périphérie de la chaleur. La main droite de Mal brasse doucement le court-bouillon avec une longue cuillère en bois. Il ne tient pas sa cuillère de la même manière que je tiens mon crayon. Et pour la première fois depuis longtemps, j'écris les mots d'une prière : me retrouver pour toujours à la bibliothèque, mon nom sur le reintier d'un livre bien calé dans les rayonnages, entre la poésie et les livres de cuisine.

Big shots

Asteur, j'ai de plus en plus de mal à me réveiller le matin, mais je me lève tôt quand même.

— Tu dormais avec les poules ? me demande Mal depuis sa berceuse sur la galerie.

Je lui explique que c'est moi qui vais faire le barbecue à ce matin.

Il tient sa tasse de café devant sa bouche et sa respiration envoie des rides dans le liquide noir. Mal dit que c'est pas bon. Il explique que son ami Joe, qui fait d'habitude le barbecue à la boucherie, est encore malade. C'est Joe qui fait le barbecue depuis qu'il est jeune. Ces deux-là, Mal et Joe, travaillaient ensemble à la boucherie d'un vieux monsieur, Alvin Comeaux.

— Monsieur Alvin était moyère rough, especially dessus pauvre Joe. Vieux Alvin, il aimait pas le monde noir, ça fait il donnait un tas d'ouvrage à Joe.

Joe avait onze ans quand Mal et lui ont commencé à travailler là. Mal avait treize ans, à peu près.

— Ça c'était de l'ouvrage. Il faulait couper les veaux et les vaches et les cochons en deux !

Mal écarte les bras pour mimer l'énormité de ces corps d'animaux et l'ampleur de la tâche. Je hoche la tête quand il ajoute :

— Et mind you, j'avais juste treize ans !

Ça n'ajoute rien au poids des veaux, mais ça rend bien plus impressionnante sa capacité à les manipuler.

Mal me rappelle qu'il fallait prendre la moitié de la bête, séparer la croupe du quartier en avant puis pendre des quartiers dans la glacière. Ensuite, il enlevait et salait les peaux.

— C'était lourd ! il crie. Ça c'était mon main job, saler et veillocher les peaux de bête. Joe, lui, il cuivait des gratons et faisait le barbecue.

Mal maintient que c'est pour cette raison que Joe est toujours malade asteur.

— Il a respiré un tas de boucane dans sa vie. Pauvre vieux Joe. Mais il connait faire du bon barbecue, quitte-moi te dire.

Deux taches blondes indiquent l'endroit où les coudes de Mal reposent dans les accoudoirs de sa berceuse et trahissent les heures innombrables passées en se berçant d'avant en arrière sur la galerie. À part les entailles brunâtres dans les accoudoirs et les lambourdes, seuls indicateurs du passage du temps, les années s'accordéonnent, se suivent et se ressemblent ici sur la prairie au rythme de la coutume. Je le relance :

— Vous autres faisait des barbecues quand tu étais jeune ? La famille je veux dire.

— Nous autres on faisait plus des sauces rouillées, des sauces piquantes, des affaires comme ça. D'habitude c'était avec du poulet. On mangeait un tas de poules.

Il m'explique que, quand ils étaient entre eux, c'était seulement deux ou trois poules. Mais quand ils recevaient de la compagnie, ils en tuaient quatre ou cinq.

— Ça faisait joliment de manger, il ajoute. On cuivait un tas de fèves itou. On mangeait des fèves souvent. Ça c'était proche comme le lait aujourd'hui. Toi tu bois une tasse de café chaque jour, nous autres on avait des fèves tous les jours.

Comme à l'écran d'une télévision, une colonie de fourmis traverse le perron et transporte des morceaux de poussière vers un nid situé juste au pied de la dernière marche. Les fourmis sont les morceaux de la colonie. Comme les fragments de terre sont la colline d'où ils sont extraits. Comme les cuisses de poules et la trinité coupée sont l'amour de ma grand-mère. Et comme les histoires de Mal sont la boucherie. Le dos toujours étroit, même assis dans sa berceuse, il demeure une tour d'homme. Quand il marche en douceur sur la galerie avec ses longues jambes, on dirait qu'il plane comme il plane dans la boucherie, du comptoir à la glacière et de la glacière à la table et de retour au comptoir. Couper, planer, raconter, il pratique l'art de la viande et le prend très au sérieux.

En racontant ses anecdotes, Mal veut me faire comprendre que le manger était tout le temps frais.

— Nous autres, on a jamais eu faim, il tient à me dire.

Sa famille avait tout le temps plein à manger. Ils élevaient tout leur jardinage à eux autres mêmes. Et il n'y avait pas un tas de monde alentour qui avait autant de bétail.

— On était pretty much des big shots dans ce temps ça. On n'avait pas d'argent mais on était des big shots dans la viande et les affaires comme ça, tu connais.

Mal et sa famille, notre famille, avaient tout le temps un tas de manger. Ils avaient joliment de pintales itou.

— La seule chose avec les pintales, assure Mal, ça te réveillait tout le temps. T'avais pas besoin d'un alarm clock. La pendule avait rien à faire avec toi. C'était les pintales qui te réveillaient.

Je sens encore ses mots glisser dans mes oreilles, je considère les sentiments et les souvenirs qui alimentent son discours, notre dialogue. Je pense à vieux Joe et au dicton qui dit que si on prend une poignée de terre d'un nid de fourmis, qu'on la met dans sa bouche et qu'on la mâche avant de la remettre au nid, les fourmis emmèneront nos tracas et les éparpilleront sur la prairie.

Tandis qu'une tasse de café mouille ma bouche entre les bouffées de cigarette, Mal assaisonne encore mes matinées avec ses histoires jusqu'à ce que ma lassitude vire en faim. D'habitude, c'est à ce moment que je me lève, serre la main à Mal et lui souhaite une belle journée avant de me rendre à la boucherie.

Gratons

J'arrive avant l'aube sous un ciel foncé et bleuté. Je suis toujours le premier arrivé, mais le deuxième boucher à se mettre à l'ouvrage puisque le vieux boucher qui travaille ici depuis longtemps vit dans un trailer en arrière de la boucherie et se rend en dedans d'habitude vers 4 h 30. J'entre par la porte arrière de la boucherie. Les lumières sont déjà allumées et la chanson titre de *The Beverly Hillbillies* sort de la télévision. Vêtu de son tablier rouge, de son uniforme bleu, d'une casquette camouflage et de bottes en élastique, le vieux boucher boit son café debout devant la télévision.

— Bon matin, vieux bougre !

— Hé ! il me répond.

Mon cousin et moi avions toujours eu un peu peur du vieux boucher. L'idée même que quelqu'un vive derrière la boucherie et travaille tout seul toute la journée dans cette bâtisse de ferraille jaunie au plancher en ciment nous paraissait épouvantable. Le vieux boucher parle très peu et quand il parle, il ne fait aucun effort pour se faire comprendre. Les mots s'envolent de sa bouche comme s'il détestait leur gout et cherchait à s'en débarrasser aussi vite que possible.

Il sacre autant qu'il peut. Il est le croquemitaine dans la coulée.

Je me verse un café de la carafe qu'il a préparée et me penche pour prendre un tablier rouge dans le placard sous la cafetière. Je mets le tablier et l'attache tout en regardant l'émission avec lui pendant quelques minutes avant de tamponner ma carte de pointage.

Dehors, la grande et grosse chaudière noire sur un gril à propane pressurisé m'attend. Je sors mon briquet, puis m'accroupis derrière la chaudière pour allumer le feu par en dessous. Un gros coup de flamme claque d'en bas. La flamme s'excite, puis je fais tourner la molette soigneusement jusqu'à ce que le feu soit parfaitement rabaissé. Je cherche, sous la table à côté, un pot de graisse de cochon fondue. Je le mets à côté de la chaudière. Je prends une charrette du placard et la roule vers le grand réfrigérateur. En dedans, des quartiers de bœuf et de porc pendent contre le mur, une grande étagère s'impose sur la pièce et tient des épaules de cochon, des reintiers, des jambons et des gigots, des baquets de sang salé, de foie, d'estomacs, de cœurs et de tripes. Des boites de poulets, de cous de dinde et de jarrets de porc s'étalent le long du mur. Il y a aussi des sacs en papier de saucisses boucanées, de boudin et d'andouilles.

Comme tous les matins, je prends une grande boite de flanc et de poitrine de porc qu'on a coupés en petits cubes la veille. Je mets la boite sur la charrette et la roule vers la chaudière. Une poignée après l'autre, je mets les morceaux dans la chaudière qui se réchauffe doucement. Je m'arrête quand il semble y avoir à peu près quarante livres de porc dans la chaudière. Là, je verse de l'huile jusqu'à ce que les morceaux de graisse, de peau et de viande soient presque couverts.

Je bois mon café.

Dans le coin, une cheuve penche contre les briques. Je la prends et l'utilise pour brasser les morceaux dans l'huile claire. Quand je pose la cheuve sur le bord de la chaudière, une idée me vient à l'esprit. Je tire un crayon de la poche du tablier et sors un calepin de ma poche d'en arrière. J'y griffonne quelques mots. Pendant que les cubes de porc grisonnent, l'huile se trouble, chair immergée sous la mousse. Je griffonne encore. La lumière jaune et douce se mire dans mon café et teinte ma feuille. J'y gratte le début d'un poème. Ou peut-être un titre. Un calembour qui, plus tard, donnera naissance à un personnage. Je développerai ce personnage, sa façon de parler, son enfance, selon le village dans lequel il vit, l'endroit où son nombril et celui de ses ancêtres sont enterrés.

La viande durcit petit à petit, alors je monte le feu. Je brasse et brasse et brasse, lève les gratons dans l'air et les replonge. J'y plonge la cheuve encore, cherche une pile de gratons, les présente à l'air humide et les replonge dans l'huile chaude. Les morceaux commencent à crâler. La peau éclate en taches blanches d'où l'huile chaude s'échappe. Pour exciter l'huile déjà très bouillante, j'y verse un brin d'eau. Dès que l'eau plonge dans l'huile, l'huile essaie de la rejeter et toute la chaudière jaillit et crache de la vapeur et des boules d'huile. Je brasse comme si c'était tout ce que je savais faire. Je plonge la cheuve pour examiner quelques gratons. Je veux leur donner la bonne couleur, la couleur des gratons brillants, dorés, un degré vague entre rouillé et trop cuit.

Je bois une goutte de café dont le temps a volé la chaleur. Je gratte encore quelques mots dans mon calepin. Mon esprit retourne aux gratons et je prends un crible géant qui m'attend, accroché au mur au ras de la chaudière. J'éteins le feu. Je sors les gratons de la chaudière. Je secoue le crible deux fois, trois fois, pour faire tomber l'huile, minimiser la quantité d'huile qui goutte dans le panier à côté. Je verse crible après crible de gratons dans le panier. J'assaisonne les gratons avec un mélange fait maison : épicé, doux, salé, familier, nouveau, aigre. J'assaisonne gentiment, généreusement, fièrement. Un orage poudreux bénit les gratons nus. Je secoue le panier. Les morceaux de viande frite me font sourire. Les gratons, c'est pas le plus gros morceau de la bête, c'est pas une panse bourrée ou un jambon boucané, c'est presque des miettes de peau, mais c'est ce que je fais de mieux.

Passage

Ce soir, c'est moi qui prépare à manger. C'est paré. Ma mère pose les assiettes sur la table. Ça sent bon. On s'assoit pour manger.

— Quoi tu penses de ceci ? je demande à ma mère.

Elle me donne son attention complète. Je lis un passage de mon cahier :

— Ici, dans les bayous et les marécages, sur les prairies et dans les rues pavées de boue et sur les chemins de gravois, la nuit ne tombe pas. Elle se lève comme un soleil noir, comme la boucane d'un clos brulant ou d'un village en feu, loin, comme la boucane d'un incendie à l'autre bord de l'horizon. La nuit se lève et couvre le ciel lentement, épouvantablement. Elle obscurcit cette terre. Elle assombrit le village et fonce les couleurs au ras du bayou.

Ma mère me regarde, sa fourchette à la main. Impossible de deviner ce qu'elle en pense. Elle attend que je poursuive ma lecture.

— Au festival nocturne, entre les tentes de liqueur et le bandstand, au regard des vendeurs de robes, de chaudières noires, d'hamacs et de chandelles, pas loin de l'entrée et des photographes qui se mêlent dans la foule comme nos chants, la musique se jette dans l'air, se garroche à travers la prairie. Les fourmis ressentent bien les vibrations sous nos pas de deux. L'odeur de jambalaya, d'écrevisses étouffées, de bières versées au fossé, d'humidité chaude et de sueur plane sur le clos. Le vieux violon tressaille jusqu'aux oreilles des parulines tues qui se fondent dans la nuit. Nous appartenons tous à la nuit asteur et entre les carencros perchés et les écrevisses souterraines, la fierté cadienne bouille dans les tripes et monte et monte et se matérialise dans un cri et j'entends quelqu'un qui annonce: « C'est bien mes macaques, et c'est bien mon cirque. »

Pas un sourire, pas un geste. Ma mère ne dit rien. Elle reste là, suspendue à mes mots. Elle n'a pas encore touché son assiette. Je m'empresse de finir pour connaitre son opinion.

— J'oublie déjà les couleurs du jour, comme les cigales qui font vibrer nos oreilles tous les dix-sept ans. Je danse au rythme de la coutume tout près du bord du bayou, me dirigeant vers l'instant, vers la nuit longue et lourde où les couleurs nocturnes se répandent partout. Au bord de l'eau trouble, qui tend la main et nous touche et on appelle ça l'humidité et notre réponse est une musique et une odeur de boucane. On renvoie la parole du bayou.

Ma mère fixe mon cahier pour ce qui me semble être une éternité. Puis, finalement, elle s'exclame:

— Woah, c'est beau !

J'attends la suite, mais elle s'arrête là. Alors je lui demande d'élaborer, de me dire ce qu'elle en pense pour vrai.

— Okay, c'est bon. Et quoi d'autre ?

— Perroquet, c'est magnifique. Tu as écrit ça et je veux que tu continues, elle ajoute en prenant une première bouchée.

Sa brièveté ne me satisfait pas. Ne m'alimente pas. Je veux qu'elle me critique, me dise quels moments sont bons, qu'est-ce qui marche, qu'est-ce qui est banal, qu'est-ce qui est forcé, stéréotypé. Elle relève la tête de son assiette, me laissant espérer un autre commentaire, puis me lance :

— Passe-moi le sel, Perro.

Prix

Je cherche le petit panier derrière le comptoir et le remplis de gratons chauds. J'assaisonne ça et le remets sur le comptoir sous la lampe à chaleur. Je rentre dans la boucherie, derrière le comptoir, pour mettre le grand panier de gratons dans le coin de la pièce. J'entends derrière moi :

— Perro, you done did it again ! Tes gratons sont bons.

— Crâlants et tendres en même temps, je lui lance. Tu vois, c'est pour ça je dis qu'il faut juste les laisser cuire dans la chaudière tout le long. Jusqu'à c'est tout fini. C'est Joe qui m'a appris à faire ça.

La petite cloche au-dessus de la porte d'en avant sonne. Un homme entre. Il sent à voix haute l'odeur des gratons. Il en commande, surexcité. Il en goute un devant nous.

— Qui a fait ça ?

Mon boss pointe dans ma direction.

— C'est Perroquet. Sont bons, hein ?

Je hoche la tête pour confirmer les paroles de mon patron. L'homme ajoute :

— Aw ouais sont bons. Whoever les cuivait avant lui, faut le lâcher parce que ceux-là c'est le meilleur j'ai gouté icitte.

— C'est probably le vieux boucher qui les cuivait la dernière fois t'étais là. Don't worry, il va jamais faire ça back encore tandis que le petit-fils de Mal est là.

Le vieux boucher entend ça, me regarde, m'envoie un sourire à l'envers et s'ouvre les yeux grands, en fausse surprise. Il hausse les épaules et me lance :

— Continue, comme ça je dois pas les faire.

Il me fait un clin d'œil avant de partir par la porte en arrière.

Les habitués viennent tôt le matin pour nous parler de leur journée, de leurs plans pour la fin de semaine, de leur famille, des animaux qui peuplent leur quotidien : « J'ai bâti un nouveau poulailler sur roulettes que je peux déplacer pour fertiliser plus de terre » ; « Mon cheval a gagné au circuit hier au soir ! » ; « Mon vieux chien va bientôt crever je crois. Et j'en veux pas un autre » ; « Les aigrettes après voler mes écrevisses » ; « Il y a un petit minou farouche qui veut pas s'en aller. Je lui donne à manger puis il veut pas me quitter tranquille. Ça fait, je l'ai nommé Fred. Il a la tête d'un Fred, je trouve. » Et j'absorbe tout ça comme une fourmi qui s'arrête pendant un instant pour écouter une miette de la vie d'une autre avant de se remettre à la marche. Beaucoup de viande à porter sur l'épaule de la glacière à la scie et de la scie au comptoir. Beaucoup de verbes à conjuguer et beaucoup de miles à couvrir dans mes bottes en élastique. Et dans la boucherie, je peux me tenir debout à l'infini. Personne ne peut rester debout pendant aussi longtemps que moi. Un mannequin, un saule.

Bientôt, tout le monde comprendra la raison pour laquelle je m'appelle Perroquet. Sauf que moi, je ne crie pas. Je préfère sortir mon calepin et hurler sur papier, en silence.

Une femme aux cheveux grisâtres entre. Elle écoute Paul qui est toujours après parler des gratons. Paul parle d'autres bouchers et d'autres gens qui travaillaient ici dans le passé et qui ne réussissaient pas la préparation des gratons. Il parle de la manière différente dont je fais les gratons.

— Tu connais, Perroquet les met même pas dans la glacière. Il les enlève même pas de la chaudière. Il les cuit juste comme ça, tout droit, il les laisse dans la chaudière tout le long du processus, jusqu'à ça crâle.

Puis il s'en va en arrière pour dégraisser un bréchet. La cliente s'adresse à moi :

— Et toi, pourrais-tu me couper une poule pour une fricassée ? Je voudrais aussitte trois mailles doublées de saucisses boucanées et un cou de dinde boucané tranché petit comme ça.

Elle me montre la largeur des tranches de cou de dinde avec son pouce et son index.

— Oui, ma'ame.

— Et trois piastres de gratons itou.

J'attrape une poule de la glacière et l'apporte à la scie. Je sépare les jambes de la poitrine, puis je sépare les cuisses des jarrets et enfin je découpe les ailes de la poitrine. Je coupe les poitrines en deux et les ailes en deux. Un autre boucher me rejoint et met des poignées de poulet coupé dans un sac en plastique.

Il fait tourner le sac en plastique, le noue et le met sur la balance. Pendant qu'il note le prix, je cherche un cou de dinde boucané, le tranche avec la scie et mets le tout dans un sac en plastique, le pèse, note le prix et me rends au comptoir. Je pèse trois mailles doublées de saucisses boucanées, les enveloppe avec du papier blanc et écris le prix sur le papier. J'ajoute des gratons dans un petit sac brun, le pèse, tape tous les prix dans la caisse et annonce le total.

— Vous autres a augmenté le prix des saucisses ?

— Euh je crois pas, non.

— Mais ça fait des années j'achète mes saucisses ici et trois mailles coutent jamais autant que ça. T'as dû mal noter ou mal taper.

— C'est possible. Je peux en prendre trois autres et les refaire.

— Non, non, c'est déjà trop. Ça va. Je les prends.

— T'es sure ?

— Ouais c'est correct, jeune homme. T'es nouveau, c'est normal faire des erreurs. C'est pas une grosse affaire en tout cas.

Elle me paie et elle part avec son gros sac en papier.

— Perroquet, tu vas faire croire à tout le monde qu'on augmente nos prix. Combien t'as tapé par livre ? me demande mon collègue en rigolant.

— 3,49 $, c'est le bon prix, non ?

— C'est ce que moi j'use.

— Mais je connais pas de quoi elle parle.

— Je crois que le boss tape 2,49 $ des fois, et cette dame vient coutume le dimanche, quand lui il travaille tout seul.

— Quel prix est le bon ?

— Je connais pas. Il y a pas de prix pour ça anyway. On va continuer avec 3,49 $, alright ?

Rituel

Je conduis mon camion vers la prairie des Opelousas, sur l'autoroute 190. Je longe un cimetière. Sur toutes les tombes, des drapeaux ondulent dans l'air comme de l'eau, comme une chanson dans la bouche. Mon père m'appelle. Je ne réponds pas.

Il fait déjà malicieusement chaud dehors et le vent lourd entre par les fenêtres ouvertes et tourbillonne comme l'intérieur d'une boucanière à minuit. L'humidité s'impose sur moi. Ça fait des années qu'on ne se parle pas, le fils de Mal et moi. Je ne me rappelle presque plus la voix de mon père. Cette voix qui ressemble un peu trop à la mienne. Grave, robuste, elle sort de ma poitrine et de ma barbe. Il n'y a rien qui puisse me donner l'air d'un mini Mal comme parler.

Le moteur hurle et l'humidité pèse. Que les fenêtres soient ouvertes ou non, elle reste là, collée à ma peau. L'air chaud qui tourbillonne soulage davantage que l'air chaud qui stagne. Je roule à une cadence familière. Deux carencros, les mêmes qu'hier, sont perchés sur la ligne électrique. En face du stationnement plein de Mikey's Donut King, je vois un autre cimetière où dort encore la rosée. Puis je dépasse le terrain de football où l'herbe est brunie par la chaleur estivale. Le soleil levant brille sur le haut des gradins.

Mon père ne tente pas de m'appeler une deuxième fois. J'ai décidé de ne pas décrocher, et je décide de ne pas le rappeler. Je roule encore, passe devant d'autres stationnements de bars et de gyms encore jonchés de débris. Le ciment est craqué. J'arrive à la hauteur du Mama's Fried Chicken. Leur benne est pleine. Bayou State Tire, Guidry's Poultry, une boutique ici, une autre boutique là, un salon de coiffure et une pizzéria. Tout ça, c'est derrière moi asteur. L'humidité oppressante de mon passé entre par une fenêtre et sort par l'autre. Le moteur crie encore. La climatisation ne fonctionne toujours pas et je baigne dans ma Louisiane étouffante. Je sue déjà quand je passe une centrale électrique, puis une banque. Mes freins crient quand je ralentis avant de tourner à gauche dans le stationnement de la boucherie.

Derrière la boucherie, près du stationnement, la vieille coulée ne coule pas. Les saules se balancent à leur propre cadence. Le soleil ternit les couleurs et bécote toujours la prairie. La brise estivale retarde le réveil des fourmis écarlates. Bientôt, je me mettrai à l'ouvrage. Bientôt, j'écrirai les idées que j'ai récoltées en chemin, les silences qui flottaient doucement derrière le volant. Bientôt, la coulée en arrière de la boucherie portera le cri de la scie, du sang et de la graisse vers un autre bayou. Ce matin aux

Opelousas, j'ignore tout ça. Le barbecue et mon cahier m'attendent.

Je retourne cinq sacs de charbon au fond du gros barbecue et éparpille uniformément les morceaux. Un jour, ces mains qui placent stratégiquement quelques morceaux d'allume-feu réécriront la prairie. Je verse une quantité généreuse d'essence à briquet et tire une allumette. L'enfer s'allume, les flammes montent et m'éclairent le visage et le cou. La couverture de mon calepin sent la boucane. En attendant que les flammes se calment et que le charbon luise d'un bel orange vif, je gratte un poème sur la dernière page blanche.

Boucane

Mal guette toujours sa pelouse aux Opelousas, tout seul sur sa galerie. Il vient de terminer son chapelet matinal. Il guette après la rosée qui s'envole. Il n'entend guère le battement des ailes d'une aigrette qui décolle à la recherche d'autres viviers prometteurs.

Le déjeuner avalé depuis longtemps et le tablier déjà enfilé, c'est moi qui me tiens debout, planté dans mes semelles. C'est moi, désormais, qui glissaille le reintier sur la scie en boucle. Je le coupe en deux.

À la boucherie, j'éteins la scie criante, sors par la porte arrière et me rends dehors, où je guette après le feu sifflant sous la chaudière noire, mes lèvres et mes yeux plissés. La chaudière tient la viande grisâtre dans l'huile bouillante. Une cigarette entre mes doigts, tenue comme un crayon, je fixe les mots croisés du *Daily World*. Toujours debout sur le ciment mouillé, je cherche les mots à travers la boucane.

C'est moi qui coupe la viande asteur pour le monde aux Opelousas et aux alentours. Ponce, boudin, andouille, saucisse, grillades, langue de bête, pork steak, round steak et du poulet. Trancher, filer, bourrer, boucaner, laver, amollir, aplatir, assaisonner, amariner sont les verbes que je conjugue à longueur de journée. Et ceci me plait.

De l'autre bord du châssis, la pleine lune baisse dans le ciel occidental. Les oiseaux bâillent. J'augmente un peu le feu. L'huile dans la chaudière braille. La lune veille sur la boucherie. Elle veille sur le cri de la scie, sur le craquement du plancher, sur la vieille voix de Mal, sur le feu sous la chaudière et sur les murs de la fourmilière. Elle veille sur le volier d'étourneaux, le muscle profond de la prairie. Elle veille sur nos mots boucanés, sur les traces qu'ils grattent dans nos chairs.

Lexique

BOTTES EN ÉLASTIQUE	Bottes en caoutchouc.
BARIBARA	Brouhaha.
CARENCRO	Corbeau.
CHARRAGE, CHARRER	Bavardage, bavarder.
CHEUVE	Pelle.
CRÂLER	Craquer, croustiller.
FARDOCHE	Broussailles, sous-bois, herbes hautes.
GOURGOUSSER	Grogner, faire des bruits de gorge, marmonner.
JARRER	Bavarder, discuter.
MOYÈRE	Manière ; en quelque sorte.
PÉTER UNE TAPE	Frapper, donner un coup de poing.
REINTIER	Dos, échine, épine dorsale.
S'OUACHER	S'installer confortablement.
SE DÉNIQUER	Quitter le nid, bouger.

Table des matières

Envie de continuer à lire ?
Découvrez tous les livres de Perce-Neige :

Collection Prose
Dirigée par Marilou Potvin-Lajoie et Louis-Martin Savard

Accompagnement éditorial
Georgette LeBlanc et Émilie Turmel

Direction littéraire
Émilie Turmel